Panda Roja y Oso Lunar

Panda Roja y Oso Lunar

JAROD ROSELLÓ

Visite nuestro
catálogo en línea en
topshelfcomix.com.

Jefe de Redacción: Chris Staros

Editado por Leigh Walton.

Deseñado por Gilberto Lazcano.

PANDA ROJA Y OSO LUNAR

Published by Top Shelf Productions, an imprint of IDW Publishing, a division of Idea and Design Works, LLC. Offices: Top Shelf Productions, c/o Idea & Design Works, LLC, 2765 Truxtun Road, San Diego, CA 92106.

ISBN: 978-1-60309-484-9

23 22 21 20   4 3 2 1

Por Emi y Oliver.
Y Angie, por supuesto.

CAPÍTULO UNO:
LOS PERROS
Oso Lunar, hemos recibido quejas sobre unas criaturas malévolas súper destructivas que están molestando a todos.
¡Destrucción masiva!
¡Una Carnicería!
¡El colapso total de la civilización!
Creo que el informe dice "dos perros malos."

¡Tenemos que averiguarlo!
¡Los monstruos malvados se disfrazan muy bien!

Todo parece tranquilo ahora.
¡Yupi!

Eso es exactamente lo que los siniestros monstruos mutantes de otra galaxia quieren que pensemos.

Eso parece... improbable.

¡GRRRR!

¡Perros malos!
¡Rápido!
¡Vamos!

¡Lo sabía! ¡Malvados monstruos alienígenas han tomado la forma de algunos de nuestros queridos perros terrestres!
miau
miau
miau

No, yo creo que solo son perros malos.

¡No seas tonto, Oso Lunar! ¡Los perros malos no existen!

¡Oigan! ¡Dejen quietos a esos gatitos si no quieren que los mande como un rayo de vuelta a su planeta!
Ay Dios.

Bueno, ¿qué tenemos aquí?
Parecen un par de ardillas.

En realidad yo soy OSO LUNAR y ella es PANDA ROJA.

Y protegemos a este vecindario de criaturas como ustedes.

Bueno, nosotros no somos cualquier criatura, ¡somos perros malos!

¡Sí!
¡Nos gusta aterrorizar a la gente y destruir cosas!
crac

Y me encanta prender fuego.
¿En serio?

¡Yo adoro el fuego! Debemos prender más fuegos.
¡Fuego!

EJEM

Bueno, lo siento, pero como pueden ver, somos perros malos, feroces y violentos.
Ay, por favor.

Y deberían largarse de aquí antes de que los devoremos o algo.

¡Sí, lárguense, ardillas!
¡Eh!
EMPUJÓN

FURIA

¡DÉJENLO EN PAZ!
Ya están a salvo.
Tranquilos, gatitos.
miau
miau
miau

¡Uy!

¿Qué fue eso?
¡Parece que sus puños tienen superpoderes!

¡Así es! Tengo el poder de doce pandas rojos adultos. ¡Los derrotaré y los enviaré de vuelta al lugar de donde vinieron!

Pues, somos de aquí.

Yo nací justo ahí, debajo de ese contenedor de basura.

Sí, somos perros callejeros rudos y turbulentos.

Producto de nuestro ambiente.

Además, no pueden derrotarnos.
¿Por qué no?

Porque primero ¡tienen que atraparnos!
ESCAPAN

¡Yupi!

¡Alto!

¡A romper cosas!

¡Imprudente!
BOCINAZO

¡Lo siento!
¡Desiste!

FUEGO

¡Quitate!

Pídele disculpas.

¡PUM!

¡Aquí tiene!

¡Dije que se detengan!

¡Ríndanse!

SIN SALIDA
¡Los tenemos!

¡Se acabó el juego!
Vendrán con nosotros.

¿No han oído que no deben acorralar a un perro malo?
GRR GRR GRR

GRRRR
¡Ay, no!

¡GRR!
¡GRR!
¡Tápate la cara!

¡Nunca nos atraparán!
¡Rayos!
¡Uf!

¡Tras ellos, Oso Lunar!
¿Al edificio súper aterrador?

No te preocupes.
Probablemente no está embrujado.

Aquí arriba.
No hagas ruido.

Estan justo del otro lado de esta pared.
¿Alguien está llorando?
Bua

Son abusadores, como todos los demás humanos que hemos conocido.
No te preocupes, en poco tiempo estaremos otra vez en las calles.

Como siempre.

Panda Roja, creo que nos equivocamos.

¡Prepárense para llevar correa!

¡Ay no!
¡No llores!

No estoy llorando.

Entonces, ¿por qué tienes los ojos húmedos?

Cuando uno es muy malo, a veces se te desbordan las entrañas.

Ya es hora, vámonos.

Déjame adivinar, ¿nos van a enviar al refugio de animales?

Nos escaparemos.
Como lo hacemos siempre.

No somos adoptables.
Solo somos perros malos.

Oigan, ustedes no son perros malos. Solo han vivido mucho tiempo en las calles.

Con un poco de cariño y algo de jabón, seguro encontrarán un buen hogar.

¿Un hogar?
Nunca hemos tenido uno.

Oye, Panda Roja, estaba pensando...

Yo también, Oso Lunar. Yo también.

BASE DE OPERACIONES
¡Bienvenidos a casa!

¡Guau! ¡Este sitio es increíble!

Sin chinches ni basura.

¡Y paredes por todos lados!
¡Hasta arriba!

¡Esa es el techo!

¿Techo?
¡Me encanta!

¡Guau!
¡Techo!
¡Guau!

Oigan, si van a vivir aquí, tienen que seguir las reglas.

Ay, nunca hemos sido buenos para seguir las reglas.
Nones.

Pues, van a tener que tratar de ser civilizados.
CHIQUICHAQUE

¿Civilizados? ¿Qué quiere decir eso?

Quiere decir que no pueden romper cosas ni morder a la gente.
Y nada de fuegos.

Pero, ¿qué haremos cuando tengamos ganas de crear caos y destruccíon?
¿Cómo redirigimos nuestra energía?

Bueno, pueden ayudarnos a luchar contra los villanos.

¿Luchar contra villanos?
Está bien.

Podemos hablarlo por la mañana. Además, no queremos despertar a mami y a papi.

¿Mami? ¿Papi?
¿Ellos son villanos? ¡Los morderé!
GRR
GRR

Son nuestros padres y son buenos. Nos dan comida y abrazos y cosas.

¿Comida? ¿Abrazos? ¿Cosas?
Tienen suerte. La vida es difícil allá fuera.
La calle está llena de peligros!

Aquí tienen, pueden dormir aquí esta noche.
Mañana conseguiremos camas de verdad.

Está perfecto.
Tan suave.

CAPÍTULO DOS:
LA PESADILLA
Ya es de noche, Oso Lunar.
Todo está oscuro, tenebroso y probablemente lleno de maldad.
Y de caracoles.

Por lo tanto, debemos proteger a la gente buena de nuestro vecindario.
¡Eres libre, caracolito! ¡Ve a vivir tu babosa vida!
¡Yupi!

¿Qué están haciendo? Estoy tratando de leer.

¡Y descubrí que me encanta dibujar!

Estamos protegiendo al vecindario del mal.
Y tonteando un poco.

Tontear es muy importante para los niños.
Y para los adultos.

Ah, sí. Nosotros también tonteábamos en nuestro planeta.
¡Yupi!
¿Planeta?

Ella quiere decir en nuestra vecindario.
De donde venimos.

Nuestro "planeta" allá...

No otro planeta, claro.
Porque somos de este planeta.
Ya saben, de la Tierra.

Sí, ya sé, la Tierra...

Cambiemos de tema.
¿Ustedes dos tienen nombre?

¿Cómo debemos llamarlos?

Bueno, nunca hemos tenido nombre.

Solo somos criaturas sin nombre, destinadas a vagar por la tierra por siempre en busca de amor y aceptación.
Casi somos humanos.

Si nunca han tenido nombre, eso quiere decir que ¡pueden escogerlos ustedes mismos!
¡Piensen en todas las posibilidades!

Siempre me ha gustado "Jikpl.sfzxv-g."
Eso es...raro...

¡Ay, no! Quiero que sea muy común, porque yo soy un perro común de la Tierra.

Bueno, a mí me gusta el nombre "#*!&$*!"

¡Ay, no! Eso es una palabra muy mala!

No debemos decir esa palabra.

¡Ay, Dios! ¡Lo siento!
Está bien. Estoy seguro de que se nos ocurrirá algo.

Sí, no es nada...
bua bua bua
¿Qué es eso?

bua bua bua bua bua
¡Alguien está en problemas!

bua bua bua

bua
¡Ese es el cuarto de Miguel!

¡Miguel!
¿Estás bien?

¡Panda Roja! ¡Oso Lunar! ¡Gracias a Dios que están aquí! Ha sucedido algo terrible.

¡Tuve una PESADILLA!
M

¡Fue la pesadilla más escalofriante!
Muy oscura.
Muy asquerosa.

¿Has probado dormir con un amiguito de peluche?

Sí, tengo 33. Pero no funciona.
La pesadilla siempre me atrapa.

bua bua bua
¿Más peligro?

¡Un misterio!
bua
bua bua bua bua
Bueno, esto es extraño.
bua bua

PESADILLA #2
Un gigantesco monstruo baboso se estaba comiendo mi pierna.

PESADILLA #3
Me caí en un enorme vaso de leche y no podía salir.

PESADILLA #7
Los extraterrestres me raptaron.
Me obligaron a jugar juegos aburridos.

PESADILLA #12
Me perdí en un laberinto y no podía encontrar a mis padres.

PESADILLA #33
¡ZOMBIS!

PESADILLA #74
El wifi no funcionaba.

Todos los niños del vecindario tuvieron una terrible pesadilla.
Sospechoso.

Y todas vienen de la misma dirección.
Glub.

¡La FACTORÍA FANTASMA!
423

Ahora sé por qué los perros no quisieron venir.
¡Por aquí!

¿Por qué siempre terminamos escubulléndonos por edificios tenebrosos?

Todos los misterios conducen a edificios tenebrosos, Oso Lunar.

¡Una ventana convenientemente abierta!

Y ¿cómo crees que se vea una pesadilla?

Apuesto a que es peluda.
O babosa.

¡Con muchos ojos y dientes!

Quizás con cuernos.
Pero sin rabo.

OK, vamos a estar alertas a algo así.

¡Una luz!

¿Qué es eso?

¡Es un oscilador neuronal! Transforma el sonido en ondas cerebrales y lo transmite al mundo. ¡Me encantan estas cosas!

Oye, está configurado para "NIÑOS."
ADULTOS
NIÑOS
PERROS

¡Espera un momento!
¡POP!

SONIDOS ATERRADORES PARA PROVOCAR PESADILLAS A LOS NIÑOS
¡Lo sabía!

¡ALÉJENSE DE LA MÁQUINA!

¡Está bien! ¡Tranquilo! Estamos armados y no tenemos miedo de recurrir a la violencia si es necesario.
¡LA PESADILLA!

CCE

¡DEMASIADO TARDE! ¡LA MÁQUINA YA ESTÁ ENCENDIDA!

¡EN ESTE MOMENTO SE ESTAN TRANSMITIENDO LOS SONIDOS!
ON

¡NADIE EN ESTE VECINDARIO VOLVERÁ A DORMIR Y YO ME FORTALECERÉ!

¿Ah sí?
¡NOOOO!
CLIC
ON

¡Todo por lo que he trabajado!

¡GRRR!

¡FUA!

¡Eso!
Qué bueno que funcionó.

Esta red está cubierta con una solución a prueba de pesadillas.

¡SÁQUENME DE AQUÍ!
¡De ninguna manera!

No debes perturbar con los sueños de las personas.
Todos estarán muy molestos.

¿QUE QUEREN QUE HAGA? ¡SOY UNA PESADILLA! ¡PERTURBAR EL SUEÑO ES LO MÍO!

Como quiera, no debes arruinar los sueños de todos.

SI TENER PESADILLAS HACE DIFÍCIL DORMIR, IMAGINEN LO QUE ES SER UNA PESADILLA.

ESTOY TAN CANSADA...

Solo estás de mal humor porque tienes sueño.

Y no puedes dormir, porque tu propia existencia es un recordatorio de los horrores que existen en el mundo.

Yo sé lo que necesitas.

¡Éxito!
¡Lo logramos!

¡Otro espeluznante misterio resuelto!
Supongo que podemos volver a tener pesadillas comunes y corrientes.

¡Eh!
¡Regresaron!

Hemos estado trabajando en esto de los nombres.
¡Y se nos han ocurrido probablemente los nombres más geniales del mundo.

DESTRUCTOR DE LOS MUNDOS
SER DE HORROR INIMAGINABLE
¡Adorable!
¡Chévere!

¡Me encanta!
¿De verdad?
¡Claro!
Solo porque tengas un nombre escalofriante no quiere decir que tengas que serlo.

CAPÍTULO TRES:
EL EDIFICIO DESAPARECIDO
¡Toma esto, Ciclista espectral!
¡Robot asesino! ¡Creí que estabas muerto!

Ja, Ja
¡Nunca me derrotarás!

CATAPLÚN
¡Eh!

¿Qué es esto?
¡Espada!

Oye, Panda Roja, mira esto.
¿Qué es eso?

¡Panda Roja! ¡Oso Lunar! ¡AUXILIO!

¡Hola, Elena!
¿Qué pasa?
¡Ha ocurrido algo terrible!

¿?
¡Un edificio completo ha desaparecido!

¿Ven? 1019.
1019

¡...y 1023!
1023

¿Donde está el 1021?
CALLE MARTÍ 1021

Probablemente es una carta con la dirección equivocada.
Un accidente.

¡Puede haber tantos accidentes?

¡Eso sí es un misterio!
¡Ahora nos estamos entendiendo!

Lo lindo es que yo no recuerdo un edificio ahí.
Yo tampoco.

A mí me parece recordar uno, pero es como tratar de recordar un sueño.

¿Quizás son cartas de otra dimensión?

¿Las cartas dicen cuál universo?
¿?

No, creo que solo es nuestro universo.

Vamos a preguntarle a Jorge.

¡Hola, Jorge!

¿Alguna vez hubo un edificio 1021?
Claro que sí.

¿Qué le pasó?
Bueno... parece que desapareció.

¡Lo sabía! ¡Estaba aquí y ya no está!

Ahora que lo mencionas, estoy empezando a recordar...
¿Era un edificio rosado?
Sí.

¡Sí!
¡Y la repostería de Mauricio estaba en el primer piso!
¿Y desaparicieron todos los pastelitos?

¡Ay, no! ¡Ese es el edificio de Lorena!
Anda...
¡LO RECUERDO!

Pero, ¿cómo puede desaparecer un edificio?
¿Y cómo pudimos olvidarlo?
¡Yo le presté un montón de cómics!

Voy a intentar algo.

¡TARAN!

FUUM

DIN!

Eso lo explica.

¿Qué significa "DIN"?

¡Una anamolía de categoría 7!
¡Una aberración de espacio-tiempo!

¿Por eso huele raro?
¡Sí!

¡Alteraciones del tiempo! ¡Ruptura espacial! La mismísimas leyes de la física se tuercen y cambian.
Esto solo puede significar una cosa.

¿El espacio-tiempo se ha plegado en sí mismo y el edificio está escondido de nuestro universo?
¡PROBABLEMENTE!
¡Y eso quiere decir que tenemos que construir una máquina!

¡PELIGRO!
¡PROHIBIDO EL PASO!
CIENCIA EN PROGRESO

¡Pásame la goma eléctrica!

ZZZ

Con cuidado.

Eso debe funcionar.

Vamos a encenderla.
ON
OFF
No, no podemos.

Necesita una fuerte de energía.

Ah, yo puedo arreglar eso.

¡Toma!

¿Un cristal de energía mágico?
¿De dónde lo sacaste?
No sé...

¡Por aquí, muchachos!

Cuando lo encienda, todos debemos correr.

¿Va a explotar?
No lo creo.

¿Vamos a morir?
Creo que estaremos seguros.

¿Creará un hoyo negro y se chupará la tierra, poniendo fin a todo lo que existe según lo conocemos?
No.

Entonces, ¿por qué tenemos que correr?

¡Porque así es más emocionante!

¿Listos?

¡ZAS!

¡CORRAN!

RUM RUM

RUM RUM

Creo que está funcionando.

¡PUM!
1021
MAURICIO'S

¡Uy!
Qué extraño.

Debe haber quedado alguna aberración. Estoy segura de que pasará.
¿No sienten un olor a helado?

Me pregunto si todo habrá regresado a la normalidad.

RIN

Todo se ve bien.
MAURICIO'S

¡Ya puedo entregar esta carta!

¡Excelente trabajo, cristal mágico!

¿Cristales mágicos?
¿Edificios que desaparecen?
Últimamente hay un montón de misterios raros.

¿Se acuerdan cuando se perdían los zapatos y los gatos y las mochilas? Un montón de cosas perdidas.

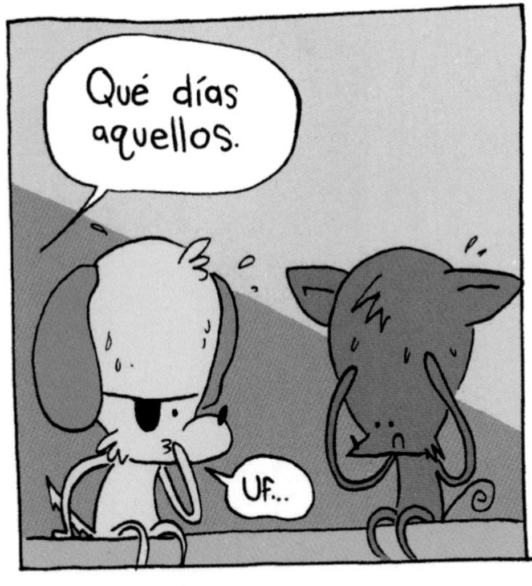
Qué días aquellos.
UF...

¿Quién quiere más empanadas?

¡CACHORRITOS!

¿Eh?
Oh, oh.
¡Cachorritos!
¡Sí!
¡Que lindos!

¿Porqué nos aprietan?
¡Cachorritos!

¿Estos perros son de ustedes? ¿Podemos acariciarlos?
CARICIA
¡Claro!

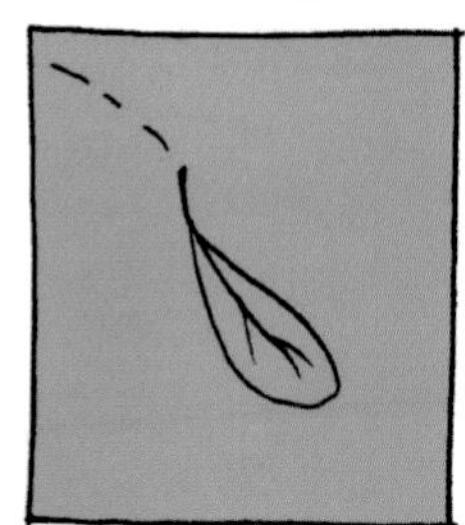

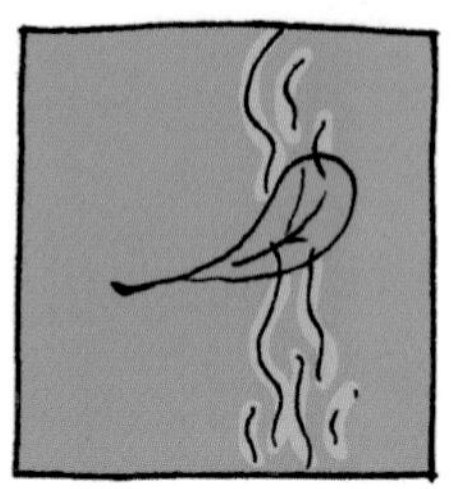

PAF

CAPÍTULO CUATRO: ROBOTS ALIENÍGENAS DEL ESPACIO SIDERAL
ESCUELA JOSÉ MARTÍ

¡Último día de clases!

Todo el verano libre para explorar nuestros propios intereses.

¡Imagínate todo el mal que podemos impedir!

¡Ya estoy impaciente!
RUM RUM RUM

Pero, primero, vamos a divertirnos.

ESCUELA JOSÉ MARTÍ

¡Todos van a la tienda de cómics!

¿Podemos ir?
¡Está bien!

Uy...

RUM RUM

¿Qué es eso?
Algo malo, te lo aseguro.

¡Niños terrícolas!
¡Hemos venido por ustedes!

¡Fuera de aquí, malvada nave espacial gigante!
¡Nosotros protegemos a este vecindario!

¡No teman!
¡Sus muertes serán rápidas!

PFFF
¡Jua ja ja!

¡Miguel!
¡Ay!
¡Me hace cosquillas!

¡Auxilio!

¡Uy!

¡Miau!

¡Vamos a rescartarlos!

PFFFFF
¡No tan rápido!

¡Nos han atajado!

¿Estamos muertos?
No, no estamos muertos.

No veo nada. Me imagino que la muerte es muy oscura.
Pero, yo puedo ver algo...

¡Tu cristal mágico!
¿Por qué está brillando?

No sé.
Lo hace cada vez que estoy asustado o contento o furioso.

O cualquier otra emoción fuerte, en realidad.

¡Eso es perfecto! Dirígelo a la pared y derríbala para salir de aquí.
Está bien. ¡Aquí vamos!
¡Sí!
CRASH!

¿Como hiciste esto?
Tenía miedo, así que el cristal me hizo grande para que fuera valiente!

¡Ay! ¡Está Caliente!

¡Oigo las voces de dulces niños!

¡!

¡ATAQUE SORPRESA!
¡Ja!
¡Buen golpe!

¡Elimínenlos!

¡ATAQUEN!
¡NO!
¡Oso Lunar!

BUM

¡Rebote!

¿Como hiciste eso?
¡Magia, supongo!

¡Ey! Ustedes dos destruyeron mis robots.

¿Tienen idea de lo caro que es hacer copias de un mismo?

Nos vamos de esta nave.

Todos nosotros.

No puedo dejarlos ir.
Son demasiado valiosos.

¡Somos seres vivos! ¡No somos objetos!

En realidad, son fuentes de energía sumamente eficientes.
¡Ustedes pueden energizar mi planeta por años.

Sabes que no podemos dejar que nos uses como combustibles, ¿no?
Esta es justamente la clase de cosas que nos gusta evitar.

Uy, me temía que iban a decir eso.
N.A.V.E., ¡A recolectar las fuentes de energía!

:INICIANDO RECOLECCIÓN:
¡CLANG!
¡CLANG!

Panda Roja, ¿qué hacemos?

Vamos a ver... N.A.V.E., ¡deja de recolectar!
:DEJANDO DE RECOLECTAR:

No, N.A.V.E., ¡sigue recolectando!
:SIGO RECOLECTANDO:

N.A.V.E., ¡ignora todas las órdenes del alienígena extraño y deja de recolectar combustible!

:IGNORANDO ÓRDENES DE ALIENÍGENA EXTRAÑO. SIGO RECOLECTANDO:

Para ellos, ¡nosotros somos los alienígenas extraños!
¡Intento frustrado por mis tendencias humanocéntricas!

¡Vamos a morir!
¡No quiero terminar con las entrañas licuadas!

:RECOLECCIÓN COMPLETADA:
¿Cómo?

¿Ven? ¡Eso no fue tan malo!

¡CRAC!
Si no recolectan las entrañas licuadas de los niños, ¿qué es lo que recolectan?

¡Esto!
Está vacío.

No pueden verlo con sus ojos humanos inadecuados.
Usen estos.

¡Wao!

Nuestro mundo funciona con un tipo de energía potencial. La promesa de algo que ocurrirá en el futuro.

Es muy complicado para que el cerebro humano lo entienda.

Ustedes, niños, estan llenos de eso.

La energía no está dentro de nosotros, sino que ¡nosotros la producimos!
Si, supongo que pude haberlo explicado mejor.

Bueno, ya tengo que regresar a mi planeta.
¡Gracias por toda su ayuda!

¿Qué era esa sustancia luminosa?

No sé, pero todos los niños estaban cubiertos por ella.

Potencial y promesa.

No lo que somos, sino lo que podemos llegar a ser.

Papi siempre dice que vamos a lograr grandes cosas.

Oye, todavía no ha oscurecido.
¡Nos no perdimos la película del viernes en la noche!

¡Papi!

¡Mami!

CAPÍTULO CINCO:
EL ORIGEN

Ahora, otro episodio del
CICLISTA ESPECTRAL.

Bueno, nos vamos a trabajar.
¡Besitos!

MUA

¡Ciclista Espectral! ¡Un demonio ha poseído a mi hermana y la está obligando a hacer mal toda la tarea!
Por eso no se puede confiar en mis demonios.

Okey, vamos a trabajar.

Esperen, ¿qué?
¿Ustedes trabajan?

Somos perros de terapia.
Ayudamos a la gente a sentirse mejor.

Pero, ustedes son criaturas destructivas. Es más probable que causen dolor y sufrimiento y no que ayuden a la gente a sentirse mejor.
No, ya no...
Cuando esos niños nos rodearon con sus brazos...
Un abrazo.
Cuando nos abrazaron, me sentí cómodo, querido y seguro.

En ese momento, sentí que era uno con toda la existencia.

Los abrazos son buenos.

Bueno, tenemos que irnos.
No queremos llegar tarde.

Eh.

Ay, ay.

¡ESTOY ABURRIDO!

Tan aburrido...
¡Ay, no! No te derritas!

¡Este es el momento perfecto para ver esto!

¿Un cómic?
¿Es un cuento sobre nosotros?
Las increíbles aventuras de Panda Roja y Oso Lunar

No es cualquier cuento, ¡es la
HISTORIA DE NUESTROS ORÍGENES!

Las Increíbles aventuras de

PANDA ROJA y OSO LUNAR

¡edición sobre el origen!

Panda Roja era una niñita feliz, lista para su primer día de escuela.
ESCUELA

Pero, en el autobús, se encontró a EL MONSTRUO!
¡Ey! Un almuerzo, me encantan los almuerzos
¡ZAS!

Bueno, apenas es la hora del desayuno, así que ¡quita tus garras de mi almuerzo!
¡ZAS! DE VUELTA

¡Dámelo!
¡NO!
Y ¡ZAS! OTRA VEZ

Tienes suerte de ser más grande y fuerte que yo, si no, ¡te molería a palos!
¡JO!

¡JO, JO, JO!

Si hubiera alguna forma de hacerme más fuerte antes de acabar el día.

En la escuela, EL MONSTRUO estaba en todas partes.
¡Jo!
¡EMPUJÓN!
¡!

¡!
¡JO!
¡ZAS!

¡Jo!
¡Oye!
¡PAF!

¡DÉJALA EN PAZ!

¡Tú! ¿Tienes otro almuerzo para mí?
¡No! Traigo solo un almuerzo cada día.

Quítate de mi camino o te convertirás en mi siguiente almuerzo.

¡Eres un monstruo!
¡POM!

¡JA, JA, JA!
Bruto.

Prepárate, niña. Vendré por ti.

GRRR

Glups.

Después de clases, EL MONSTRUO se subió al autobús de Panda Roja.
De ninguna manera me voy a subir a ese autobús.
Voy a caminar.
Caminar no está mal.
Mi calle.
¡Ya casi estoy en casa!
Vaya, miren quién es.
¡!

Es mejor que corras para hacerlo más interesante.

¡A CORRER!

¡Da vuelta!

¡Ahhh!
Figura en la sombra

¡Una sudadera con capucha que me dará el poder de doce pandas rojos!
Sombra

¡Te he atrapado después de una persecución razonable!

¿Notas algo diferente?

¿Esa sudadero con capucha mágica de panda roja?

Sí, ¡eso mismo!
¡PAF!

¡GOLPE de Panda Roja!

¡KABOOM!

¡Hola, Papi!
¿Qué tal tu primer día de escuela?

Prácticamente como lo había imaginado.
¿Jugamos con los carritos?

¡Llegué!
¡Mami!

Clic

Hermanito...

El mundo es un lugar peligroso.

Haré todo lo posible por mantenerte a salvo, pero sería increíble si tú pudieras ayudarme a aniquilar a los monstruos.

Perfecto.
Oso Lunar.

Entonces, ¿esa es la historia de nuestros orígenes?

Sip. Y es totalmente cierta, 100 por ciento exacto.

Y, ¿hay una segunda edición?

Todavía no.

¡Despierta, Panda Roja!
¡Está nevando!

¿NIEVE?

¡Vamos a jugar!
CAPÍTULO SEIS:
¡CONGELADOS!

¡Esto es increíble!

¡Yo diría que imposible!

¡Ay!
¡FUÁ!
¡Nos están atacando!

¡JA!
¡ATAQUE DE NIEVE!

¡Guau! La nieve es genial.
¡Nunca pensé que la veríamos!

Eso tiene lógica. En nuestro clima, no cae nieve.

Oye, es cierto, aquí no nieva.

¡Hoy sí!

Pero, ¡estamos en pleno verano!

Yo no pensaría mucho en eso.
Probablemente no tiene importancia.

¡Mira este pájaro frío!
¡Pajarito!

¡Mira este conejo congelándose!
¡Conejito!

¡Mira este viejo gato raro!
¡Gatito!

¡Y mira este pobre Yeti!
BORK.

Traídos a nuestra calle por estas antinaturales bajas temperaturas!
Es un placer conocerte.

Aunque estoy disfrutando de este clima fuera de temporada, no puedo evitar pensar que una repentina e inexplicable helada en pleno verano es probablemente una señal de algo malvado.

Y ¿sabes lo que hacemos con el mal?

¡Lo derrotamos!

Ese fue el juramento que hicimos.

¡Tenemos que averiguar de dónde viene este frío maligno antes de que se congele toda la tierra!
CORREO

¡Sigamos el hielo!

¡Mira! Hay aire frío saliendo de debajo de la tierra!

Deben ser los túneles subterrános secretos de los rumores.

Esa es solo una tonta leyenda.
Bueno, en realidad.

¡LOS RUMORES DE LOS TÚNELES SUBTERRÁNEOS SECRETOS SON CIERTOS!

¿Puedes hablar?

Claro. Mi pueblo inventó el lenguaje.

Eso no parece bueno.
Genial.

¡Los túneles son reales! ¡Las historias son ciertas!
¡Así fue como llegué aquí!

¡Lo sabía!

¡A LOS TÚNELES!

Aquí estamos.

Esta es la entrada a los túneles. Tengan cuidado allá abajo.

¿No vienes?
Probablemente soy invencible.

No puedo continuar.

Pero, puedes pasar por el túnel.

No, voy a almorzar con un amigo.
Ah, bueno.
¡Nos vemos!

Hace frío aquí.

Las paredes están totalmente cubiertas de hielo. Qué maldad.

¡Ay, no! ¡No tengo mi cristal! Me gusta mucho usarlo para combatir el mal.

No te preocupes, hermanito. Yo me encargo.

¡TA RA RA RÁ!

¡GUAU! ¡Un guante de cristal mágico!
¿Como funciona?

Solo es un guante para que no te quemes la mano.

Pero tiene aspecto justiciero.

Bueno, vamos a resolver este malvado misterio helado.

ESTACIÓN DE BOMBEROS
Mira, este túnel conduce a la estación de bomberos.

PISCINA
Este lleva a la piscina.

ALCALDÍA
Estos túneles llevan a todas partes.

LA PUERTA
¿Qué es La Puerta?
No tengo idea.

LA PUERTA
Probablemente ya no existe.
FUCH FUCH
Sí.

Supongo que es aquí.

Tenemos que derretir este hielo.

¡Hora del cristal mágico!

¡LLAMA!

¡FUEGO MÁGICO!
¡DERRETIDO!

¿Qué es este lugar?
Una especie de centro de mando.

Pero, hace tiempo que no se usa.

Pero, ¿cuál es la causa de todo el hielo?
TAP
TAP
TAP

Yo no veo nada malo aquí.

GRRRR
Oh, oh.

HELADOOOOOOOO
¡Increíble!

¡HELADO!

Delicioso y horripilante.

¡HELADO!

¡Estamos rodeados!

Si fuéramos de la clase de personas que se rinden ante una muerte segura, este sería el momento de rendirnos.
Pero, ¿no lo somos?
No lo somos.

¡Adelante!

¡HELADO!
¡PLAF!

ZAS

PUM

Vamos a ver qué tal te va con un poco de calor.

¡HELADO!
No está funcionando.

¡Es demasiado grande para derretirse.
Debe ser un helado muy denso.

¡HELADO!

Solo contrólalo. Tengo un plan.
¡ESPADA!

Solo necesito tomar prestado un poco de fuego mágico.
¡Date prisa!

¡Espada de fuego!
BRINCO
¡FUA!

El horror...
PFFF

CONGELADOR
El malvado cono de helado fue derrotado, pero, ¿a qué precio?
¡Ah!
Alguien dejó abierta la puerta del congelador.

Esto debe funcionar.
MANTENGA CERRADO
CERRAR

¡AH!
¡Un dulce heladito bebé!

Ya volvimos.

Veo que tuvieron éxito en su búsqueda.

La amenaza ártica ha terminado. Todo debe volver pronto a la normalidad.

¡Y encontramos una nueva mascota!

No se ve nada bien.

Hay mucho calor aquí.

Llevaré a la criatura a mi hogar helado.

Solo asegúrate de que nadie se lo coma.

No te preocupes. Mi pueblo no come lácteos.

Nunca te olvidaré, bebé heladito.

Se conocieron hace apenas cinco minutos.

Fue suficiente para mí.

Llegó la hora.
Debo partir.
Ya se siente calor aquí.

¿Qué tal una última pelea con bolas de nieve antes de que se derrita?
¡Sí!
¡Claro que sí!
¡Pelea!

ZUUUM ZUUU

CAPÍTULO SIETE: LA BIBLIOTECA EMBRUJADA

El Oso Bien Vestido caminó al parque.

El Oso Bien Vestido se comió un sándwich.

JE, JE, JE

¡Hola!
¿Qué es eso tan gracioso?

Estoy leyendo un libro sobre un oso.

¿Por qué este libro tiene tantas ilustraciones?
¡Es una novela gráfica!

¡Ah, una novela gráfica!
¡Sí! ¡Cómics!

Es como los que hacen tú y Panda Roja.
¡Exacto!

Es importante que todos podamos contar nuestras propias historias.

Sobre todo si esas historias tratan sobre...
¡LUCHAR CONTRA EL MAL!
¡PUM!

Eh, este libro se cayó solo.
Supongo que es por la gravedad.

PARPADEO
PARPADEO
PARPADEO

¿Es normal que esto pase en una biblioteca?
ESTRUENDO
No lo creo.
ESTRUENDO
ESTRUENDO

¡Ay!
¿Qué está pasando?

¡Es el fin del mundo!
¡Es un terremoto!

A-L

¡AH!
¡Es un FANTASMA!

¡LA BIBLIOTECA ESTÁ EMBRUJADA!
¡!
¡!

¡APARICIÓN!
¡Así es!
¡Yo soy el fantasma que ronda esta biblioteca!

Soy Ana.
¡Genial!

Me preocupaba que fueras como uno de esos fantasmas de sangre de nuestro planeta.

¿Qué?
¿Fantasmas de sangre?
Ustedes son tan raros.

¡Sí! ¡Ja! Solo un par de perros normales raros.

Sí, soy un fantasma, pero eso no es genial.
¿No lo es?

No, no es nada genial. Es de lo peor.
¿De lo peor?

Sí, por eso necesito la ayuda de ustedes. Ser un fantasma es muy tonto. Estoy lista para seguir adelante.
Pero no puedo.

¿Por qué no?

Tengo asuntos pendientes!
Guau.
Clásico.

Cuando era joven, escribí un libro.
Pero, morí sin poder terminar el último capítulo.

Los necesito para poder encontrar mi manuscrito.

Y entonces, podré dejar atrás este plano de mi existencia.

Bueno, ¿donde está el libro?

No sé con exactitud, pero sé que está cerca.
Puedo sentirlo.

¿Con quién hablan?

¿Qué me cuentan hoy?
¡Ana María!
¡SE ESCONDE!

¡Estamos ayudando a un fantasma que tiene asuntos pendientes!
ABRAZOS
¡Es un misterio sobrenatural!

¡El caso de la biblioteca embrujada!

¿Qué haríamos sin ustedes?
Bueno, el vecindario se habría destruido un montón de veces.
Habrían secuestrado a todos los niños.
Todos se habrían congelado...

¡Pues, gracias por todo lo que han hecho!

Buena suerte con su cacería de fantasmas. ¡No destruyan la biblioteca.
¡No lo haremos!
¡Adiós!

Por poco nos descubren.
Síganme. Les mostraré cómo llegar al sótano.

Y, ¿de qué se trataba tu libro?

Es una novela sobre la historia de mi familia y cómo llegamos a este país.

¡Eso suena emocionante!

Lo era. Era peligroso y daba miedo, pero también era esperanzador y sensacional. Mudarse a un nuevo país en busca de una vida mejor.

¿En serio?
En serio.

Igual que nosotros.
Buscando una vida mejor.

Sabes, los fantasmas podemos ver cosas que otros no ven...

Podemos llegar al sótano por aquí.

Estoy listo.
¡Los túneles!

Siempre los túneles.
Es como si fueran parte de un argumento mayor que solo empezamos a descubrir.

¡A saltar!

¡Un laboratorio abandonado!
¡Por supuesto!

¡Otra cámara secreta abandonada!

Todo esto era parte de una organización misteriosa que operaba en este vecindario.

Organización...
Misteriosa...

Pero, ¿por qué estaría tu libro aquí abajo?
Debe haberse caído durante la restauración.
Está aquí, puedo sentirlo.

¿Cómo vamos a encontrarlo entre todo este desorden?

¡Creo que sé cómo hacerlo!
¡MAGIA!

Toma mi mano.

Concéntrate en tu libro.
Recuerda como se siente.
Algo amado y perdido.

Amado y perdido.
Amado y perdido.

Espera, quizás esta no sea una buena idea.

¡Guau!
¡El libro!
Esto es nuevo...

Debemos estar en otra dimensión...

Parece que está todo aquí.

¡Mi libro!
¡Tu brujería funcionó!

Eso no fue todo lo que encontró.

¡GASP!

¡Eres tú!

¿Conoces a Ana María?

Ella es mi bisnieta.

¡Ella es la bibliotecaria!
Ella es dulce y nos da abrazos.

Yo morí antes de que ella naciera.
Pero reconocería esa cara en cualquier lugar.

Lo que has amado y perdido.

La parte más tonta de ser un fantasma es saber que las personas que amas están cerca y, al mismo tiempo, increíblemente lejos.

Creo que la magia se está acabando.

Ana María.

¡Esto es incluso mejor que encontrar mi libro!

¡Genial!
Está ocurriendo.

¡Tu asunto pendiente!

¡Ja!
¡Parece que está terminado!

¡Díganle a Ana María que la amo!

Entonces, ¿el asunto pendiente de Ana María era que echaba de menos a su familia?

Quizás solo necesitaba verlos una última vez.

Panda Roja, si te mueres, prométeme que volverás a atormentarme en forma de fantasma.

¡Seré el fantasma más aterrador del mundo!

Entonces, ¿qué hacemos con esto?

Mmm...
Mmm...

¡Esto es increíble!
Siempre oí historias sobre el libro de mi bisabuela, pero ¡nunca pensé que lo tendría en mis manos!
RETURN

El último capítulo nunca se escribió.
CAPÍTULO X

Ella nunca llegó a terminarlo.

Quizás tu puedas terminarlo.

¿Acabas de hablar?
¡!

Eh... ¡Guau!
Sí... ¡Guau!

...
¿Guau?

Je, je... eh... ¿quizás puedas terminarlo?

Yo podría terminarlo.

¡Gracias por encontrarlo! No tienen idea de lo que esto significa para mí.

Nunca conocí a mi bisa.
Pero, al sostener este libro, es como si pudiera sentir su presencia.

Sé exactamente cómo te sientes. Hemos estado todo el día con su fantasma.

¡GUAU! ¡GUAU!
¡LADRIDO!

¡Qué perros tan raros!

BIBLIOTECA GRATUITA MARTÍ

Puedo terminarlo.

CAPÍTULO OCHO:
LA GRAN REBELIÓN ARBÓREA

¡PATADA!
No puedo creer que ya sea el último día de las vacaciones de verano y ¡no hayamos hecho nada memorable!

Bueno, vencimos muchos males y salvamos un montón de vidas.

Quiero decir, aparte de eso.
Sí, bueno, supongo que no hay novedades.

¿Qué tal si trepamos al árbol tenebroso?

No es solo tenebroso, ¡está maldito!
Si lo tocas, te mueres.

Pues, lo voy a tocar.

¡No lo hagas, Lorena!
¡No seas imprudente!

¡ZAS!
¡AH!
¡NO!

¿Ven? No pasó nada.
Estoy bien.

Oh, oh.
¡POP!

¡ZAS!
¡GRRR!
El árbol tenebroso es realmente aterrador.
Guau.
¡Adoro este vecindario!

¡Ya me cansé!

Puede hablar.

¡Panda Roja!
¡Oso Lunar!
¡Ayúdenme!

¡Y Mikey!

Miguel, aléjate. Este es un asunto serio para personas que tienen sudaderas con capuchas mágicas.

Siendo un humano común y corriente, seguro morirías en un segundo.
Bueno, en realidad...

¡ESQUIVAR!
¡ZAS!

¡PATADA!

¡Golpe de rama!

¡Ataque de hojas!

¡No se preocupen! ¡El Tigre está aquí!
A menos que esa sudadera con capucha tenga el poder de los espíritus de mil tigres, ¡yo correría!

Ay, no...

¡Se están desarraigando!
¡RIP!

¡La historia del árbol tenebroso es real!

¿Pueden detenerlos?

¡Claro!
Solo tenemos que pensar cómo lo hacemos.

¿Hemos tratado de razonar con ellos?

¡CUIDADO!

¡Capturados!
¡JO, JO, JO!

Esa es una risa malévola.

Yo sabía que era un árbol malévolo, no solo tenebroso.

¿Porqué está pasando esto?

Obviamente, estos árboles son realmente criaturas malvadas que han estado esperando durante siglos para arruinar el último día de verano de algunos niños.

¿Eh?

No, es porque ustedes, niños, siempre están trepándose sobre nosotros.
Rompen nuestras ramas.
Graban cosas en nuestros troncos.
Y ¡ya estamos hartos!

Son muy descuidados. Pateando con esos peligrosos piecitos.

Yo respeto mucho la naturaleza.

No, no es cierto.
Los ayudaré a recordar.

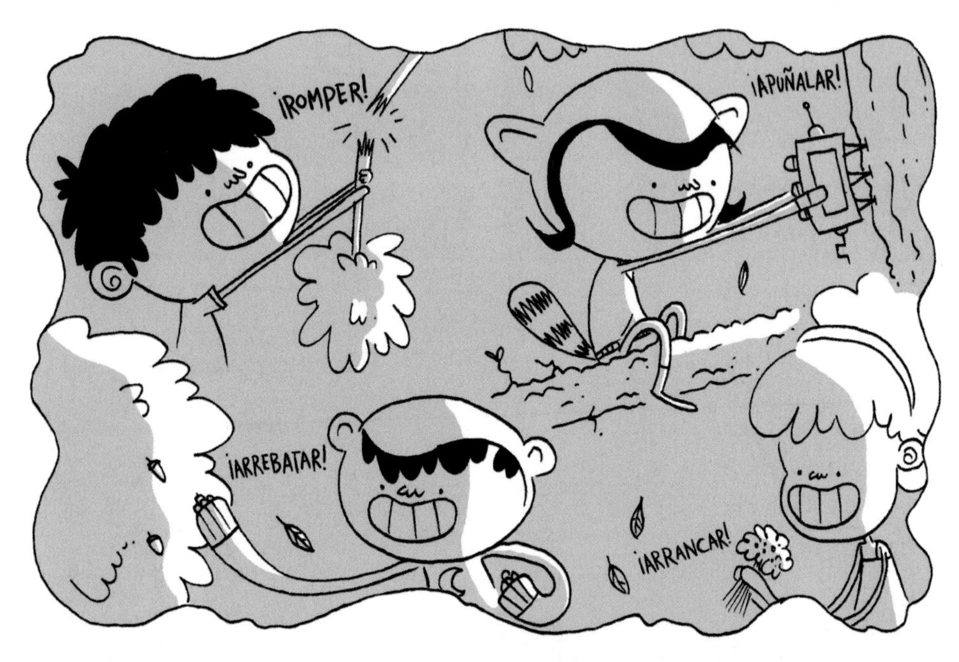

Y eso no es lo peor. Algunos de ustedes tiran basura al suelo, destruyen la tierra por sus recursos y descargan sustancias químicas en el río.

Tienes razón.
Somos monstruos.

Vaya, nunca pensé que iba a oír a un humano decir eso.

De verdad lo sentimos. No los hemos cuidado como es debido.

Bueno, si prometen cambiar sus modales, podría dejarlos ir con una advertencia.

¡Los humanos somos buenos para cambiar!

Pueden dejarlos ir.
Dicen que van a ser amables de ahora en adelante.

¡EXCELENTE!
¡GENIAL!

Corre libre, pequeña humana!

Hablaremos con los demás niños.
Les explicaremos cómo ser amables.

Me parece que ya captaron el mensaje.

Bueno, ya saben qué pasará si no lo hacen.

Los estaremos vigilando.

Me gustaría que pudiéramos hacer algo para demostrar que nos importa.

Sí, pero, ¿qué cosa?

¡Vamos a sembrar un jardín!

¡Ah! ¡Con flores y frutas y un árbol enorme!
¡Sí!

Aquí vamos.

NUESTRO JARDÍN
Sé Amable

Podemos venir todos los días al salir de la escuela y trabajar en él.

¡Y yo lo protegeré con la ferocidad de un **tigre espacial**!

Podemos empezar ahora mismo.

¡Una semilla de palma!

TAP
TAP
TAP

¡Eh! ¡Espérenme!
NUESTRO JARDIN
Se Amable

CAPÍTULO NUEVE:
EL DÍA SOSPECHOSAMENTE TRANQUILO
ESCUELA JOSÉ MARTÍ
¡Primer día de clases!
¡Sí!
¡Vamos!

LUNES

MARTES

MIÉRCOLES

JUEVES

¡Adiós!
VIERNES

¡Sábado!

¡Qué semana tan larga!
Necesito un día de descanso.

¿Descanso? De ninguna manera.
Debemos ir a luchar contra el mal.

¡Yo tenía esperanzas de dibujar la siguiente edición de Panda Roja y Oso Lunar!

¿No es mejor combatir el mal que solo dibujar cuando lo combatimos?
PUM

Malas noticias. No hay nada malo ni misterios, ni siquiera cosas raras ocurriendo allá fuera.
DELITOS

Pero, ya ha pasado una semana sin ocurrir nada ni remotamente extraño.

La maldad está escondiéndose allá afuera.

¡Y yo sé exactamente cómo encontrarla!
?

¡Hora de inventar!

¡Lo hice!
¡!
¡Mi invento más increíble hasta el momento!

Solo me falta una cosa...
¿Qué?

Necesito tu cristal mágico.

¡Ten cuidado!
No lo rompas.

Este aparato revela el mal, dondequiera que se esconda, en su aspecto real.

¡Tan inverosímil e improbable!
¡Me encanta!

¡Maldad, muéstrate!
MAIL

¡Pío!
¡Pío!

¡ZAP!

¡Nada pasó!
Pajarito, tú eres todo nobleza.
¡PÍO!

¡ZAP!

Extraña planta, puedes seguir viviendo.

Solo basura común y corriente.
¡ZAP!

Un adolescente.
¡ZAP!

Un carro.
¡ZAP!

¡ZAP!
Un callejón siniestro.

Un inofensivo dragón de alcantarilla.
¡ZIP!

Una abuela.
¡ZUUM!

No puedo creer que no haya maldad en ninguna parte.

Supongo que podré columpiarme un rato.

¡Columpiarse es divertido!

Y brinda una ventaja táctica.

Un lecho de flores.
Es el escondite perfecto para algo malo.

¡ZAP!

Parece que solo son flores.

¡Ja!
¡Sí!

¡SNIF!

¡Eh, un libro!

¡ZAP!

¡Ay!
¡BUM!

Ah, los placeres de la niñez.
Leer libros.
Trepar por los árboles.

¡Y luchar contra el mal! Excepto que hoy no he encontrado nada contra que luchar.

Bueno, ¿qué encontraste?

¡Nada!
Todo lo que he hecho hoy es jugar y tontear.

¡Qué bueno!

Yo esperaba luchar contra algo malo o resolver un misterio o salvar al mundo.

Pero, en lugar de eso, pasé el día haciendo cosas normales de niños.

Algún día, llegarás a mi edad y estarás muy lejos de ser una niña.

Y te darás cuenta de lo importante que es jugar y divertirse.

No te olvides de ser niña.

CAFÉ VERSAILLES

TAP
TAP
TAP

Bueno, creo que ya no necesitaré esto.

¡BUM!
ABIERTO

¡ZAP!

¡Ay, no!

¡MONSTRUOS!

¡La maldad!
¡En mi sala!
¡Con mi hermanito!

Estoy horrorizada y eufórica al mismo tiempo.

¡PUM!
¡Al rescate!

¡No temas, Oso Lunar! Juntos venceremos a estas criaturas tan malvadas.

¿De qué estás hablando?
Sí, nosotros no somos criaturas malvadas.
Nones. Solo perros terrícolas comúnes y corrientes.

¿Eh? Pero... yo hubiera jurado que...

Esta cosa debe tener un desperfecto.

¿Crees que es posible que vieras algo malo solo porque realmente querías verlo.
¡Cierto!

¡No! Tuve una emotiva conversación con un extraño y hablamos sobre la importancia de solo ser niño.
¡Me he reformado!

Entonces, ¡te tengo buenas noticias! Terminé un nuevo ejemplar de nuestro cómic.

¡He estado esperando semanas por esto!
¡Dame! ¡Dame!
¡PIU

CRAYONS

CAPÍTULO DIEZ:
SINIESTROS MONSTRUOS MUTANTES DE OTRA GALAXIA, PRIMERA PARTE
BASURA
¿Qué trajeron hoy?

Yo tengo un tigre.

Yo tengo un oso sosteniendo un globo.

Ese oso es muy lindo.

Creo que es un feroz oso de batalla disfrazado para poder combatir el mal sin que lo vean.

¡Ay, el mal!

¿El mal?
¿Dónde?

Acabo de recordar que vi algo malo anoche.

¿Dónde lo viste?

¡AQUÍ MISMO EN LA ESCUELA!

¡Cuéntamelo todo sobre eso malo!

Bueno, todo empezó cuando iba a casa de mi tío y pasé caminando por la escuela y vi todas esas luces raras.

¡Yo también las vi! Fue la semana pesada, pensé que alguien estaba haciendo experimentos cientificos malvados. Yo iba a decirles, pero me encontré a una ardilla perdida y me distraje por lo peludita que era.

Aquí tengo un dibujo.

¡Qué peludita!

Vamos a ver los informes.

Mmm, parece que hace algún tiempo que está ocurriendo.
ALERTA

ES!
¡LA ESCUELA ESTÁ EMBRUJADA!
LUCE

¡Y en nuestra propia escuela!
Esta noche vamos a investigar.

Hemos combatido diversas criaturas horripilantes, resuelto peligrosos misterios, nos hemos enfrentado al peligro una y otra vez, y ¿a ustedes les preocupan unas luces?

¡Escapada a hurtadillas!

Aquí estamos.
ESCUELA JOSÉ MARTÍ

No hay luces.
¿Ven? Vámonos a casa.

¡Esperen!

Viene del sótano.
¿Que hay en el sótano?

Quizás... ¡nadie lo sabe!

¡Es un misterio!
¡Hurra!

Parece que acaban de encender una luz.
No me parece que sea algo malo.

Podría incluso ser algo bueno.
¿Acaso van a luchar contra algo bueno?
¡Nunca!

Sí, supongo que una luz no es nada malo.
A menos que sea demasiado brillante.

Es solo una luz común y corriente. ¿Podemos irnos a casa ya?
Supongo que sí...

Yo esperaba que fuera algo malo...
Yo también.

¡BZZZ!

¿QUÉ FUE ESO?
Oh, oh.

¡Adelante! ¡Vamos a correr hacia la luz!

¡No! ¡Aléjense de la luz!
¡Siempre aléjense de la luz!

¡Malvada luz, venimos por ti!

BZZZZ
BZZZZ
¡Por aquí!

BZZZZ
BZZZZ
BZZZZ

Está cerrado.
Prueba con esta llave.
SÓ ANO
SECRETO

La hice anoche. Puede abrir cualquier cerradura.

CLIC
CLAC
CLOC

Adentro sin forzar la entrada.

Eso explica muchas cosas.

Un desgarrón en el universo.
Lo sabía.

¿Deberíamos entrar?

¡Claro que sí!
¡No!

¡Claro que no!
¡Morirían!

¿Es un portal del MAL?

Entonces, vamos a cerrarlo.
Buscaré un botón para apagarlo.

Así no es como funcionan los portales. Una vez abiertos, son muy difíciles de cerrar.

¡Ja! ¡Me encanta esa luz!
Se siente sinuosa sobre mi piel.

No es solo luz. Es energía. Y mucha.
¡Ah!

¿Cómo es que ustedes saben tanto sobre portales?
Eh...

Bueno, ya saben, me gusta leer sobre los portales.
Cosas normales que hacen los perros...
¿Eh?
Y, eh, sobre interrupciones en el continuo espacio-tiempo.

Un momento...
Los perros no saben sobre los portales...

Y los perros tampoco hablan.

¡Je, je! ¿No hablan? Quiero decir, "Guau."
"¡Guau!"

¿Qué hacemos?

¿Qué está pasando aquí?

Está bien. Les diremos la verdad.
¡NO SOMOS PERROS DE VERDAD!

¡AH!

¡SOMOS DE OTRA GALAXIA!

¡¡AH!!

Y ¡abrimos un hueco accidentalmente en el universo al entrar!
¡Fue sin querer!

¡¡¡AH!!!

¡Pero fue un súper accidente!
Vinimos aquí para destruir la Tierra y comernos a sus habitantes.

¡GLUB!

Nos disfrazamos de perros terrícolas para que nadie lo supiera mientras nos preparábamos para la DESTRUCCIÓN PLANETARIA.

¡AH!

Pero, entonces ustedes nos atraparon y ¡fueron tan dulces con nosotros!

Y todos nos daban abrazos.
¡Nos gustan tanto los abrazos!

Yo... yo tenía razón... ¡ustedes sí SON mutantes malvados de otra galaxia!

¿Ustedes iban a destruir la Tierra?

Sí, pero creo que lo importante es que cambiamos de idea.

BZZZZ
BZZZZ
BZZZZ
Oh, oh.

¡Escóndanse!
¡Algo está entrando!

SOMBRAS?
CONDUCTA ANÓMALA
¡Qué monos!
BZZZZ
¡No son monos!
¡Esas son las criaturas más malvadas del multiverso!
BZZZZ
BZZZZ

CAPÍTULO ONCE:
SINIESTROS MONSTRUOS MUTANTES DE OTRA GALAXIA, SEGUNDA PARTE
BZZZZ
BZZZZ
BZZZZ
¿Cómo algo tan mono puede ser tan malo?

¡Solo quiero abrazar a uno de ellos!

Mi primo una vez abrazó a uno y
¡fue lo último que abrazó en su vida!

¡No!
¡Peluditos!
Bueno, a mí no me parecen tan peligrosos.

¡BIP!
¡PIP!
¡ALTO!
¡BIP!

¡Eso quiere decir que no se mueven!

¡PIP!
¡BIP!
¡BUP!

¡Ah! ¡Suena!

¡Es tan suave!
¡Déjame probar!

¡Me está haciendo arrumacos!
¡He sido elegido!

GRRR

¡AY!
¡ÑAM!

¡Se los dije!
!
¡¿Qué rayos fue eso?!
¡Se comerán el universo hasta que NO QUEDE NADA!
¡ÑAM!
¡ÑAM!
¡ÑAM!
¡ÑAM!
¡ÑAM!

Bueno...entonces... tendremos que detenerlos.
¡ÑAM!

¡Son indestructibles!
¡ÑAM!

Si se acercan a ellos, ¡los DEVORARÁN hasta que no quede nada de ustedes!
¡ÑAM!
¡ÑAM!

¡CORRE, OSO LUNAR!

Vamos a ver cómo les va con esto.

¿Un agujero negro?

Lo he estado guardando para un momento como este.

¡ÑAM!

Oh...
¡ÑAM!
¡MMM!

¡Son comelones fríos y desalmados!
¡NADA PUEDE DETENERLOS!

¿Fríos? ¿Desalmados?
¡Yo me encargaré!

¡Espera!
¿Qué vas a hacer?

¡Tengo un PLAN!

¡Me encantan los planes! ¿De qué se trata?

De hecho, ¡necesito tu ayuda!

¿Qué tengo que hacer? ¿Golpear a alguien? ¿Rebanarlo con una espada cósmica? ¿Acribillarlo con un láser de rayos gamma?

No, ¡solo toma mi mano!

Panda Roja, cuéntame otra vez la historia del origen de mi nombre.
¡ÑAM!
¡ÑAM!

¡Ah, me encanta esa historia.
Eras tan pequeñito y tan lindo.

Y yo hice tu sudadera con capucha y te la puse.

Y se me ocurrió tu nombre.
Oso Lunar.

Yo solo quería que te sintieras feliz, amado y seguro.

Perfecto.

BUUUM

¡Está funcionando!
¡Se están deteniendo!

¡BIP!
¡PIP!

¡Ahora son todavía más adorables!

¿Qué hiciste?

Dijiste que eran fríos y desalmados, así que hice que se interesan por los demás.
¡PIP!
¡BIP!

Pero, ¿por qué querías que te contara la historia de tu nombre?

Necesitaba recargar algunos sentimientos de afecto.
Esa historia siempre me emociona.

Muy bien, criaturas. Regresen por el portal.

Este lugar es un desastre.

Debe de haber alguna manera de arreglarlo.

Después de que ese edificio desapareció, preparé un kit de reparación universal, incluyendo materia adicional.

Solo tenemos que rellenar lo que falta del universo.
Y debe volver a la normalidad.
MATERIA

Eso suena perfectamente lógico.

¡Vamos a DIBUJAR para salvar al mundo!

Y... ¡listo!

Me parece que se ve muy bien.

Pero, ¿qué hacemos con esto?

¿Hay alguna forma de cerrarlo?
CLAP

No mientras estemos todavía aquí.

Supongo que podemos volver a través de él.

¿A dónde irán?
No lo sé.

¿Lo que están diciendo es que si ustedes dos regresan por esa desgarradura, podremos cerrarla y no tendremos que volver a enfrentarnos con más monstruos o extraños misterios.
Sip.

¡Esa es una idea terrible!

¿Sin perros?
¿Sin monstruos?
¿Sin misterios?
De ninguna manera.

Entonces, ¿podemos quedarnos?
¡Por supuesto!

Y ¡defenderemos este vecindario del mal y de cosas extrañas.
¡Y eso es lo que hacemos mejor!

Oso Lunar, hemos recibido informes de una sombra malvada que está rondando por el vecindario y atemorizando a todos.

¿Una sombra?
¿Misterio?
¿Maldad?
¡Es todo lo que he soñado!

FIN

Gracias al Fondo de Educación de Florida y al Instituto de Humanidades de la Universidad del Sur de Florida por su apoyo a este libro.